AF348167

SCAPIN
MORTS-VIVANS.

COMEDIE ITALIENNE

en deux Actes,

AVEC SPECTACLE ET DIVERTISSEMENS.

Représentée par les Comédiens
Italiens, le 20 Février 1750.

Le prix est de 8 sols.

M. DCC. L.

ACTEURS.

PANTALON.

CORALINE,
CAMILLE, } Niéces de Pantalon,

ARLEQUIN, Amant de Coraline,

SCAPIN, Amant de Camille.

HUTORD, Génie malin.

UNE GNOMIDE.

TROUPE DE DANSEURS.

DES MONSTRES.

EXPOSITION.

PANTALON veut marier Coraline sa niéce à un Génie de ses amis, qui lui a fait présent d'un Talisman ; mais Coraline, qui ne consent point à épouser le Génie, & qui aime Arlequin, s'empare adroitement du Talisman de son oncle, le donne à son Amant, & par-là le sauve des persécutions du Génie , qui , pendant toute la Comédie , employe tout son pouvoir pour se venger de son Rival.

ARLEQUIN ET SCAPIN MORTS-VIVANS.

ACTE PREMIER.

Le Théâtre repréſente les Jardins de Pantalon, au milieu deſquels eſt une Fontaine.

RLEQUIN & Coraline expriment la ſatisfaction qu'ils ont de ſe voir. Arlequin impatient d'épouſer ſa Maîtreſſe, dit qu'il va dans l'inſtant en demander le conſentement à Patalon ſon oncle ; mais Coraline, avec douleur, lui apprend que cet oncle la deſtine à un mauvais Génie. A cette fâcheuſe nouvelle, Arlequin devient furieux,

A iij

Coraline le calme, en lui faisant entrevoir
que tout pourra réuffir au gré de leurs dé-
firs.   Elle lui donne un Talifman qu'elle a
dérobé à fon oncle. Elle affure fon Amant
que ce Talifman le mettra à l'abri des mauvais tours que pourroit lui jouer le Génie,
& forcer Pantalon à lui donner fon confen-
tement. Arlequin qui n'eft point perfuadé
de la vertu du Talifman, en voudroit voir
des preuves. Coraline lui dit qu'il n'a qu'à
commander. Arlequin ordonne qu'un grand
nombre de perfonnes fe préfente pour le
divertir. Une troupe de Danfeufes forme
un Ballet ; ce qui fatisfait Arlequin.

Pantalon préfente fa niéce Coraline au
Génie : celui-ci s'aproche pour embraffer
fa future ; mais Coraline, avec mépris, le
repouffe, & lui jure de ne jamais l'aimer.
Arlequin eft charmé de cet aveu ; le Génie s'apperçoit qu'Arlequin eft fon rival ;
il s'en plaint à Pantalon, qui menace Arlequin : mais ce dernier rit de fes menaces,
& fe moquant du pouvoir du Genie, avoue
qu'il aime Coraline, & qu'il l'époufera malgré eux. Pantalon promet de fe venger de
la témérité d'Arlequin ; & fait rentrer Coraline dans fon Appartement.

Le Génie veut mefurer fes forces avec fon
rival : il lui propofe un combat. Arlequin

que le Talisman rend courageux, l'accepte.
Ils se battent. Arlequin est victorieux, &
renvoye le Génie, qui va consulter son
grimoire.

Pendant qu'Arlequin cherche à deviner
la résolution de Pantalon, & la vengeance
qu'exercera contre lui le Génie, Scapin
arrive. Après mille amitiés de part & d'autre, Scapin lui dépeint la colere de Pantalon, son maître, qui, dans sa fureur, l'a
chassé de chez lui ; ce qui l'afflige beau-
coup, ne possédant pas un denier, ne sça-
chant où aller coucher, & surtout aimant
Camille, niéce de Pantalon. Arlequin lui
dit que rien ne le doit chagriner, & l'assure
qu'ils seront beaufreres, puisqu'il aime Coraline. Scapin croit qu'Arlequin badine.
Arlequin lui fait voir son Talisman : Scapin l'éxamine, & pour en faire l'épreuve,
souhaite qu'on lui apporte une bourse rem-
plie de Louis. Deux esprits invisibles don-
nent des coups de bâton à Scapin, qui se
repent bien d'avoir éprouvé le Talisman.
Arlequin lui dit qu'il ne falloit pas être in-
terressé. Scapin alors implore le Talisman
pour qu'il lui fasse apporter de quoi satis-
faire son apétit : on voit aussi-tôt une table
chargée de mets, mais lorsqu'Arlequin &
Scapin vont pour en tâter, un feu d'arti-

fice part, & la table diſparoît. Arlequin &
Scapin ſoupçonnant avec raiſon que le pouvoir du Génie les perſécute ainſi, forment
la réſolution de demeurer dans un lieu ſolitaire, & d'y faire conduire leurs Maîtreſſes.
Scapin commande au Taliſman, & l'on voit
un déſert rempli de rochers.

Des Monſtres épouvantent tellement Arlequin & Scapin, que ce dernier laiſſe tomber ſon Taliſman. Un eſprit le ramaſſe ;
vainement ils veulent courir après : des
Monſtres les arrêtent & les emportent.

Pantalon & Coraline ſont étonnés de voir
leur Jardin changé en un lieu ſolitaire. Le
Génie apprend à Pantalon qu'Arlequin op-
poſe à ſon pouvoir un Taliſman que lui a
donné Coraline. Cette derniere avoue que
c'eſt le même que le Génie avoit donné à
Pantalon. Ce vieillard ſe met dans une colere horrible. Pour ſouſtraire Coraline aux
emportemens de ſon oncle, le Génie la
fait retirer. Enſuite il fait un terrible en-
chantement pour découvrir Arlequin. Une
lettre qu'il reçoit lui apprend qu'Arlequin
a perdu ſon Taliſman, & que Scapin & lui
ne ſçavent comment ſe ſauver de pluſieurs
Furies qui les pourſuivent. Le Génie con-
tent ſe retire avec Pantalon.

Arlequin & Scapin ne peuvent revenir de

la frayeur que les Monſtres leur ont cauſée.
Arlequin reproche à Scapin la ſotiſe qu'il a
faite de laiſſer tomber le Taliſman. Une
faim violente cauſe leur plus grand déſeſ-
poir. Scapin en cherchant partout de quoi
la calmer trouve un nid d'oiſeaux , il l'apporte à Arlequin ; mais ce dernier touché de
compaſſion pour ces petits animaux , les re-
met où Scapin les a pris , ſa pitié va juſqu'à
vouloir plutôt mourir que de les manger
Ces mêmes oiſeaux ſe métamorphoſent en
plus grands , & forment des danſes qui
finiſſent le premier Acte.

ACTE II.

ARLEQUIN & Scapin ſont tout ſurpris
de ce qu'ils ont vû , cependant ils
voudroient trouver un aſile qui les mit à l'a-
bri des pourſuites de leur ennemi. * La nuit
commençant à devenir fort obſcure , ils ne
ſçavent plus de quel côté tourner leurs pas.
Une voix qu'ils reconnoiſſent pour celle du
Génie , les fait preſque mourir de peur. Le
Génie les cherche partout ; mais ils s'é-
chapent à la faveur des ténebres. Le Génie impatienté les enchante toûs deux , &

* Il fait nuit.

leur laisse la parole. Il se retire après avoir
fait paroître un tombeau sur lequel est gra-
vé cette Epitaphe en lettres de feu :

Cy-gissent les Malheureux Scapin &
Arlequin abîmés par le Dragon.

Coraline & Camille paroissent extrême-
ment inquiettes de leurs Amans , & jurent
de leur être fidelles. Arlequin & Scapin gé-
missent de ne pouvoir les approcher ; ils
s'écrient, mais d'une voix éteinte par la
faim , qu'ils sont morts. La nuit empêche
leurs deux Amans de les appercevoir. Elles
tombent presque évanouies à la vûe de l'in-
scription du tombeau. Dans l'excès de leur
douleur , elles forment la résolution d'aller
joindre leurs amans. Arlequin & Scapin
expriment leur joie de trouver tant de ten-
dresse & de fidelité dans leurs Amantes.

Une triste symphonie annonce une Gnomide qui sort de terre ; elle vient au
secours d'Arlequin & de Scapin qu'elle
désenchante. Elle leur dit que les oiseaux
qu'ils avoient pris sont ses enfans , que
le Génie malin , par vengeance , a mé-
tamorphosés de la sorte ; que pour les ré-
compenser de la vie qu'ils leur ont laissée,
elle leur rend leur Talisman , qu'un de ses
Sujets leur a enlevé. Arlequin & Scapin lui

expriment leur reconnoiſſance. La Gnomide les laiſſe après leur avoir annoncé qu'ils
trouveront dans le tombeau la fin de leurs
peines.

Arlequin & Scapin en liſant l'inſcription
ſe croyent morts. La faim qu'ils éprouvent
les convainc de leur exiſtance ; alors ils ſe
déterminent , ſuivant les avis de la Gnomide , d'entrer dans le tombeau, qu'Arlequin
fait ouvrir par la vertu de ſon Taliſman.
Ils y deſcendent, le tombeau ſe referme ,
& l'inſcription diſparoît *.

Pantalon eſt toujours courroucé contre
Coraline & Camille , qui ſont inconſolables
de la perte de leurs Amans ; elles perſiſtent
dans la réſolution de les aller joindre dans
l'autre monde , mais n'appercevant plus
l'inſcription , elles croyent s'être trompées.
Pantalon imagine une vengeance ſinguliere,
c'eſt d'enfermer ſes niéces dans le tombeau
& de les y laiſſer juſqu'à ce qu'elles ayent
renoncé à leurs amans. Le Génie aprouve
cette punition. Le tombeau s'ouvre. Pantalon force Coraline & Camille d'y entrer.
Pendant que Pantalon & le Génie ſont char-
més de la punition qu'ils éxercent ; la voix
d'Arlequin & de Scapin les allarme , ils
courent pour deſcendre dans le tombeau.

* Le jour paroît.

Ils ne peuvent executer leur entreprise.
Un nuage fait disparoître le tombeau. Une
symphonie mélodieuse se fait entendre ; tout
est changé en un lieu délicieux préparé pour
la Nôce des quatre Amans, & malgré Pantalon & le Génie, la Comédie finit par le
mariage d'Arlequin avec Coraline, & de
Scapin avec Camille.

F I N.

31

www.ingramcontent.com/pod-product-compliance
Lightning Source LLC
LaVergne TN
LVHW010841180726
843502LV00009B/3685